W9-BBQ-588

CENICIENTA
La Novela Gráfica

contada por Beth Bracken   ilustrada por Jeffrey Stewart Timmins

STONE ARCH BOOKS
a capstone imprint

Graphic Spin es publicado por Stone Arch Books
A Capstone Imprint
151 Good Counsel Drive, P.O. Box 669
Mankato, Minnesota 56002
www.capstonepub.com

Copyright © 2010 Stone Arch Books

Todos los derechos reservados. Ninguna parte de esta publicación puede reproducirse, ya sea de
modo parcial o total, ni almacenarse en un sistema de recuperación de datos o transmitirse de
cualquier modo o por cualquier medio electrónico, mecánico, de fotocopia, grabación, etcétera,
sin la autorización escrita del editor.

Impreso en los Estados Unidos de América, Stevens Point, Wisconsin
092009
005619WZS10

Data Catalogada de esta Publicación esta disponible en el website de la Librería del Congreso.
Library Binding: 978-1-4342-1900-8
Paperback: 978-1-4342-2270-1

Resumen: La malvada madrastra de Cenicienta no le permite asistir al baile, pero con un poco
de ayuda de un hada madrina logrará llegar a la fiesta con mucho estilo. De cualquier modo,
no todo es tan sencillo como parece: a medianoche, su vestido mágico se convertirá otra vez en
un sucio harapo.

Dirección artística: Heather Kindseth
Diseño gráfico: Kay Fraser
Producción: Michelle Biedscheid
Traducción: María Luisa Feely bajo la dirección de Redactores en Red

PERSONAJES

LA MALVADA
MADRASTRA

LAS MALVADAS
HERMANASTRAS

EL HADA
MADRINA

EL PRÍNCIPE

EL PADRE   CENICIENTA

Día tras día, iba a llorar a la tumba de su madre.

Llegó el invierno y la nieve puso su manto blanco sobre la tumba, pero la tristeza de la joven no cedía.

Para cuando comenzó la primavera, su padre ya había encontrado una nueva esposa.

Varios miserables días más tarde . . .

Cenicienta plantó la ramita sobre la tumba de su madre. La joven lloró tanto, tanto, que sus lágrimas cayeron sobre la rama y la regaron.

En poco tiempo, la ramita se convirtió en un hermoso árbol lleno de brotes que, a su vez, era el hogar de muchos pájaros amables.

Aún así, no podía curar la tristeza de Cenicienta.

El mensajero dijo que todas las mujeres jóvenes estaban invitadas. ¿Puedo ir, madrastra?

¿Llena de polvo y suciedad?

El príncipe se avergonzaría de verte.

¡Por favor! Prometo que trabajaré el doble hasta el día del baile.

De acuerdo. Tengo un trato para ofrecerte. ¿Ves este plato de semillas?

Si puedes recogerlas todas de entre las cenizas, podrás venir al baile con nosotras.

¡Pero eso es imposible!

Entonces, ¡me temo que no irás a ninguna parte!

¡Mira, madrastra, hice lo que me pediste!

¿Ahora puedo ir al baile?

Pero, Cenicienta, aún no tienes qué ponerte. El príncipe se reiría de ti.

¡Por favor, madrastra! Haré lo que sea.

¡No! Y ésa es mi última palabra.

POOF!

¡Guau!
¡Es maravilloso!

Sí, pero aún
faltan algunas
cosas.

¡Un par de estas
criaturitas te serán
muy útiles!

POOF!!

19

¡Oh, gracias, gracias! ¡Nunca usé algo tan bonito!

He aquí un regalo final.

Un par de zapatillas de cristal hechas especialmente para ti.

¡Me quedan a la perfección, madrina! ¿Cómo podré retribuirte todo esto?

Regresa a casa antes de la medianoche, querida. Si no lo haces, el carruaje se transformará en calabaza, y los caballos, en ratones.

Y tú, Cenicienta, tendrás nuevamente tus harapos por vestido.

Cenicienta y el príncipe bailaron durante horas.

¡Qué princesa hermosa!

¡Si se parecieran más a ella, llamarían la atención del príncipe!

De hecho, bailaron tanto que Cenicienta se olvidó de lo que le había dicho su madrina.

De pronto . . .

GONG!

GONG!

GONG!

¡Oh, no!
¡Perdí noción del tiempo!
¡Debo irme!

¡¿Por qué?!

Cenicienta no le respondió, y cuando él salió del castillo . . .

. . . Cenicienta ya no estaba allí.

Pero había dejado algo atrás.

25

¡Cenicienta!
¡Ya llegamos!

¿Fue maravilloso
el baile?

¡Oh, sí!
Estaba la más
hermosa de las
princesas.

¡Y tenía el
vestido más
bello!

¡El príncipe
no podía
quitarle los ojos
de encima!

Quiero que todas en el reino se prueben la zapatilla. Cenicienta también puede probársela.

¡Le queda!

¡¿Le queda?!

¡Oh-oh!

Así, las hermanas recibieron un castigo por su maldad.

¡¡Corran, niñas!!

Y Ella y el príncipe vivieron felices para siempre.

ACERCA DE LA AUTORA

Beth Bracken es editora de libros infantiles. Vive en St. Paul, Minnesota, con su esposo Steve y su perro Harry, un Jack Russell terrier que se cree un león. Cuando no está leyendo, escribiendo o editando libros, Beth dedica la mayor parte de su tiempo a tejer y mirar repeticiones de viejos programas de TV mientras toma grandes cantidades de té.

ACERCA DEL ILUSTRADOR

Jeffrey Stewart Timmins nació el 2 de julio de 1979. En 2003 se graduó del programa de Animación Clásica de la universidad de Sheridan en Oakville, Ontario. En la actualidad trabaja como diseñador y animador independiente. Si bien ya es un adulto, Timmins aún conserva algunos objetos importantes de su niñez como sus botas de goma, su capa y sus gafas de sol sin cristales.

GLOSARIO

alteza: título que se le da a los miembros de una familia real

avergonzado: que siente vergüenza y culpa

baile: fiesta formal en que la gente baila y se conoce

cenizas: restos de madera o carbón quemados

desagradable: muy repulsivo para los demás

hogar: sitio donde se hace la lumbre en la chimenea

madrina: mujer que protege a un niño desde su nacimiento

mensajero: alguien que entrega mensajes

miserable: triste o infeliz

proclama: anuncio público

señora: modo formal de llamar a una mujer

tórtolas: aves silvestres pequeñas y amigables

vil: malvado o inmoral

LA HISTORIA DE CENICIENTA

El cuento de Cenicienta se contó durante cientos de años en más de mil formas diferentes. De hecho, la versión más antigua que se conoce data de alrededor del año 860. ¡Hace más de 1100 años! Apareció en un libro chino de leyendas llamado *Bocados misceláneos de Youyang*. El autor, Tuan Ch'eng-Shih, tituló a su cuento "Ye Xian". Si bien el título era diferente, muchas partes eran iguales a las de las versiones actuales de Cenicienta, incluidas la malvada madrastra y un par de zapatillas doradas.

Muchos años más tarde, la historia de Cenicienta se seguía contando. La historia se transmitía de manera oral, de persona en persona; es decir, sin registrarla por escrito. En 1634, el italiano Giambattista Basile finalmente volvió a registrar el cuento en su libro *El cuento de los cuentos*. Muchos creen que el libro de Basile inspiró algunas de las versiones más populares de Cenicienta.

En 1697, el francés Charles Perrault basó su versión en la obra de Basile. Sin embargo, Perrault le agregó un toque propio al cuento: Introdujo al hada madrina y agregó el carruaje de calabaza y algunos animales. También hizo que las famosas zapatillas fueran de cristal y no de oro.

A comienzos del siglo XIX, los hermanos Jacob y Wilhelm Grimm, dos famosos escritores de cuentos de hadas, crearon otra versión. Llamaron a su historia "Aschenputtel" o "Niña de las cenizas". En su cuento, las hermanastras reciben un castigo por ser malvadas con Cenicienta. Al terminar el cuento, ¡unas palomas les arrancan los ojos a picotazos!

De las numerosas versiones, la Cenicienta de Disney es una de las más famosas. Cenicienta, estrenada en cines el 15 de febrero de 1950, rápidamente se convirtió en una de las películas más taquilleras de ese año y ha inspirado aún más versiones de este famoso cuento.

PREGUNTAS PARA DEBATIR

1. ¿Por qué no le importó al príncipe que Cenicienta estuviera polvorienta y sucia? ¿Qué te dice su reacción sobre su personaje?

2. Cada página de una novela gráfica tiene diversas ilustraciones llamadas paneles. ¿Cuál es tu panel preferido del libro? Describe qué te gusta de esa ilustración y por qué es tu favorita.

3. Con frecuencia los cuentos de hadas se cuentan una y otra vez. ¿Habías escuchado el cuento de Cenicienta antes? ¿En qué se diferencia esta versión del cuento de las otras versiones que escuchaste, viste o leíste?

CONSIGNAS DE REDACCIÓN

1. Los cuentos de hadas son historias de fantasía que a menudo tratan sobre magos, duendes, gigantes y hadas. La mayoría de los cuentos de hadas tienen finales felices. Escribe tu propio cuento de hadas. Luego, léeselo a un amigo o a alguien de tu familia.

2. Haz de cuenta que tienes un hada madrina que puede concederte tres deseos. ¿Qué tres cosas pedirías y por qué?

3. Escribe tu propia versión de Cenicienta y utiliza personas que conozcas como los personajes. ¿Quién sería el hada madrina? ¿Quiénes serían las hermanastras malvadas? ¡Hasta puedes convertirte a ti mismo en uno de los personajes!